Para Johnny y Ronnie,
y para Cloe, Oliver y Ben, por compartir.

© Ediciones Jaguar, 2014
C/ Laurel 23, 1º. 28005 Madrid
www.edicionesjaguar.com
jaguar@edicionesjaguar.com

© Del texto y de las ilustraciones: Sally Anne Garland 2013
Publicado por © Caterpillar books, 2013

IBIC: YBC
ISBN: 978-84-16082-70-4
Depósito legal: M-14146-2014

¡Mío!

Sally Anne Garland

Esta mañana me levanté lista para jugar.
Mamá dijo:
—Tu **primo** vendrá hoy.

Es muy pequeño, así
que deberás cuidar
de él.

Y por favor, recuerda,
es importante **compartir**.

Tan pronto
como llegó
quiso **mi osito.**

—Recuerda que
debes **compartir,**
por favor —me
recordó mamá.

Lo **estrujamos** y

e s t i r a m o s,

¡pobre Ted!

Así que me fui a jugar...

... con mis muñecas.

Pero él estaba detrás de mí, ¡me había seguido!

—Solo quiere jugar contigo —me explicó Mamá—. Anda, déjale, ¡**comparte!**

Saltos y más saltos,

no paraba de brincar en mi cama.
Así que dejé lo que estaba haciendo y...

... jugué a disfrazarme.

Volvió a seguirme, quería
ver lo que me había
puesto.

—Se lo está pasando bien, por favor, **comparte** —repitió mamá.

Tiró

y

tiró,

y

las bolas
de mi collar

se cayeron

p o r   e l   s u e l o .

Dejé lo que estaba
haciendo y...

... en lugar de eso me puse a ver la tele.

Vino y se puso a mirarla delante de mí.

—Eso le gusta, por favor, **comparte** con él —me recordó mamá.

Movía la cabeza

sin dejarme ver nada, así que

tuve que dejar lo que hacía y...

... me puse a pintar.

De nuevo me siguió, trepó por
la silla y se subió a la mesa.
—Te está imitando, por favor,
comparte con él —me pidió
mamá.

Escribió

y

garabateó.

—¡Mi dibujo! —me quejé.

De nuevo dejé lo que estaba
haciendo y...

... me fui a merendar.

Vino corriendo a la cocina e intentó alcanzar mi pera.

—Tiene hambre —dijo mamá—. Por favor, **comparte** con él.

Entonces, agarró
mi plato y

se cayó

al suelo.

¡Resoplando
y
aburrida
me fui al salón!

—¿Cuándo se va? —pregunté—.
¡Ya estoy harta!

—Intenta ser paciente —me
aconsejó mamá—. Ya sé que es
difícil.

—Todo lo que él quiere es ser como tú, por eso ¡copia **todo lo que haces!**

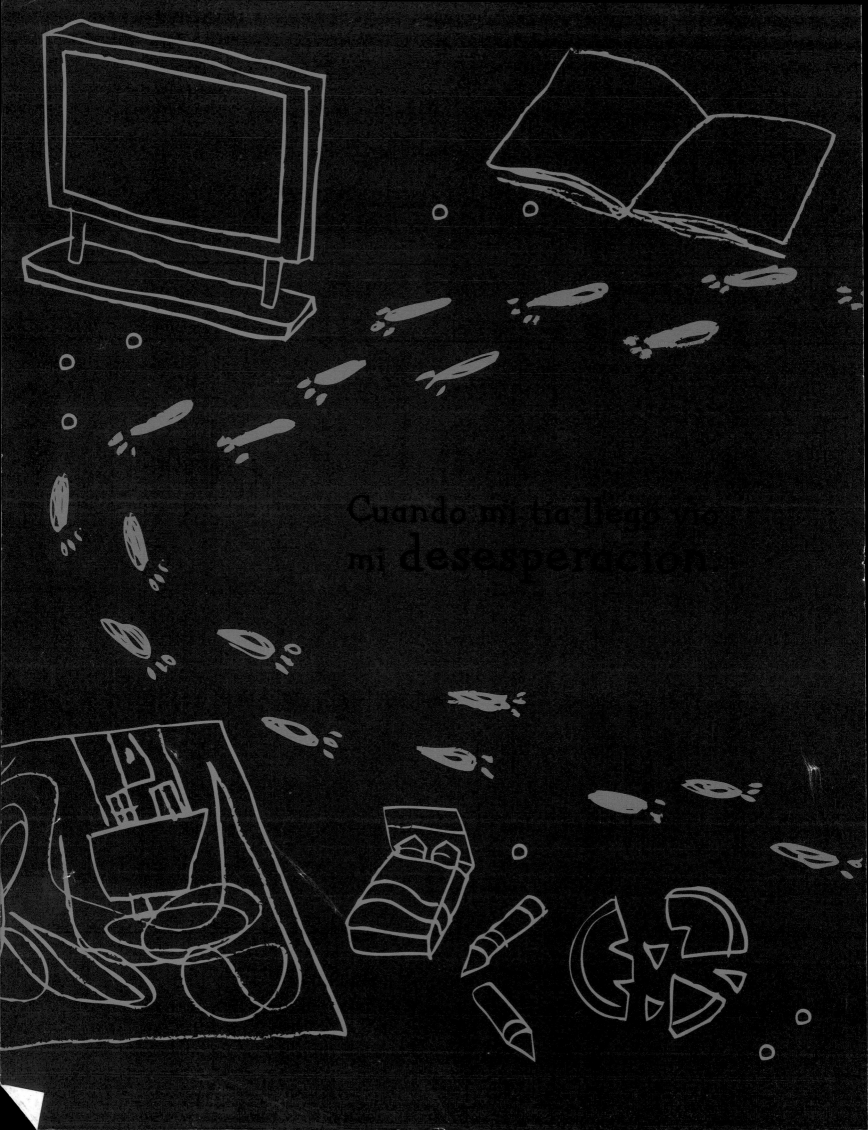

Cuando mi tía llegó vio mi **desesperación**

Entonces me abrazó
        y achuchó.

—Gracias —dijo él.

Después tuvo que marcharse...

Enseguida empecé a echarle de menos.